一百零一片红叶

狄力木拉提·泰来提 —— 著

光明日报出版社

图书在版编目（CIP）数据

　　一百零一片红叶 / 狄力木拉提·泰来提著. —北京：光明日报出版社，2021.12（2023.12重印）

　　ISBN 978-7-5194-6439-4

　　Ⅰ.①一… Ⅱ.①狄… Ⅲ.①诗集—中国—当代 Ⅳ.①I227

　　中国版本图书馆CIP数据核字（2021）第278872号

一百零一片红叶
YIBAI LING YI PIAN HONGYE

著　　　者：狄力木拉提·泰来提

责任编辑：曲建文　许黛如　　　　责任校对：舒　心
封面设计：MXK DESIGN STUDIO　　责任印制：曹　诤

出版发行：光明日报出版社
地　　址：北京市西城区永安路106号，100050
电　　话：010-63169890（咨询），010-63131930（邮购）
传　　真：010-63131930
网　　址：http://book.gmw.cn
E - mail：gmrbcbs@gmw.cn
法律顾问：北京市兰台律师事务所龚柳方律师

印　　刷：北京建宏印刷有限公司
装　　订：北京建宏印刷有限公司
本书如有破损、缺页、装订错误，请与本社联系调换，电话：010-63131930

开　　本：145mm×210mm
字　　数：150千字　　　　　　　印　　张：7
版　　次：2021年12月第1版　　　印　　次：2023年12月第2次印刷
书　　号：ISBN 978-7-5194-6439-4

定　　价：36.00元

版权所有　翻印必究

目 录
CONTENTS

人间

一百零一片红叶　/002

叶落心归　/005

秋天的树木　/007

告别秋风　/011

叶落秋归　/014

晚秋的风　/017

北方的北　/019

遥远的村庄　/023

叶尔羌河东岸　/026

可可托海山野的雪　/030

沸腾的群山　/034

石钟山的钟声　/036

阿勒泰山野的风　/038

三号矿坑　/041

禾木晨曦　/045

阿勒泰印象　/048

喀纳斯哲学　/050

遥远的额尔齐斯河　/053

准格尔原野　/056

沙孜草原的风　/059

北疆烽燧　/062

赛里木之韵　/064

唐布拉的暗示　/068

喀拉峻草原的山花　/071

时间

一路向南 /076

开都河 /078

罗布村落那边 /080

罗布人的家园 /082

龟兹与库车 /085

神木园 /088

克孜尔山谷的雨季 /091

古道茶香 /093

莎车那片荒野 /095

于阗后史 /096

我的南疆 /098

喀什的天空 /100

百年茶馆 /103

喀什之路 /107

胡杨老人 /108

野性之歌 /110

走进塔克拉玛干 /111

大漠灵魂——驼 /113

南疆石榴 /115

风的选择 /117

恰木古鲁克 /119

多浪河畔翻飞的蝴蝶 /121

维吾尔村落 /123

花　帽 /126

杏花初开的日子 /127

南疆维吾尔老人 /129

再看原野 /131

空间

远去的河流 /134

夏日里的玛纳斯 /138

乡下的老树 /142

吉木乃的山花 /144

这一年冬至 /146

今夜冬至映雪 /149

昨夜的雪 /151

村委会院里的老杏树 /153

桃　花 /155

再回首恍然如梦 /157

乌鲁木齐，我最美的家园 /161

迟来的春 /166

今日雨水 /168

这些日子 /170

今年的春天会是怎样 /172

瞬间

记忆山村　/176
辽阔的原野　/177
远山初雪　/178
原野冬雪　/179
意念寒冬　/180
寒冬深处　/181
春　色　/182
山野之花　/183
远山的呼唤　/184
涌　浪　/185
初　雪　/186
局部的山　/187
一夜秋黄　/188
会飞的叶　/189
山水之音　/190
绿的诞生　/191
非对称选择　/192
红　雨　/193
内心的涌动　/194

如果我是大地　/195

黄昏以后的视线　/196

生命的重叠　/197

晴　月　/198

在水一方　/199

留守空白　/200

遥望扬帆的你　/201

冷却心境　/202

基于绿的燃烧　/203

时空烂漫　/204

祭　祀　/205

命悬一线的生长　/206

水的生命　/207

杏花初开　/208

花的足迹　/209

山的灵魂　/210

守望孤独　/211

筑巢的花　/212

人 间

——一切美好都在人的记忆里沉淀,
在人生中塑造亮丽风景线,
时间是一位画师。

一百零一片红叶

从初春开始的集结
一支强大的力量
等待归根
我看到一本即将成册的红叶
在晨风里装订

欧罗巴人的一位母亲
望着一片绿叶上
缓慢爬行的七星瓢虫
对刚刚降生的女婴,说
我们来自那片叶脉
那只瓢虫
便是我们曾经的毡房
史前文明居住在岁月的上游
飘摇的历史

从离开树梢的那一刻
注定是一次漫长的漂泊

我望着这片古老的原野
一片片飘落的羽毛
给树木减轻
胡杨与白杨比邻而居
旷世修好的部落
在漠风里安营扎寨
沙枣和红枣
两位带刺的酋长
握手议和
恐引起刻意揣摩
以枯萎的形式
归顺大漠

红柳与垂柳择地而栖
叶的飘落是早晚的事
樵夫深居荒野丛林
农夫缔造王国
蚕桑与沧桑各奔前程
只不过
蚕桑织锦文明

沧桑演绎岁月
飘落是季节的选项

遥望群山依旧绵延
不见漂泊的绿洲
眷恋西部原野茫茫
难寻落伍的商旅驼队
万古秋风
吹落日月星辰

当九十九片秋叶渐渐飘落
晚秋已成定局
谁还会在意百位
零星的一叶星辰陨落
给下一个轮回开疆拓土

叶落心归

树的翅膀飘落几片羽毛
在无声的世界里
时间悄然变小
丛林渐衰

吹过残垣的风
变得絮絮叨叨
落叶为野兔藏身
季节冬眠

树与叶彼此分手,眺望
紧闭的坚果
丰盈的茅屋
荒野依旧长寿
从天宇中挽留一点暖色

清冷的天，冷涩的霜
意念寒冬

胡杨与红柳
让梭梭牵线搭桥
彼此的微笑红黄呼应
假如没有你的飘落
大地哪有归属

一段遗失的往昔
厚重的记忆
只接受风的随心所欲
我并不惧怕漫长
只怕被你的身影纠缠
荒野的性格
一条长长的土路
热瓦甫在老农手中呻吟
毛驴听懂了民歌的悠长
寸草不生的土地
胸毛发达的汉子
历史的遗存省略了多少感叹
飘落是轮回的信号

秋天的树木

当第一片秋叶飘落
树木
还在被思想层层包裹
摇曳的情绪随风释放
它们是这片土地
最富有的家族

秋天
一个发黄的信封
拆解高大的躯体
支撑叶的原始分量
生者命运在天
所有的枝杈，感叹和疑问
在轮回的季节里
选择飘落

最后一场冷风吹过
逝者的躯体空灵于世
鸟雀搬运它们余下的生命

白杨给蓝天输液
梧桐育肥白云
早早卸妆的垂柳
即将谢顶的老者
把僵硬的手指伸向天空
抓不住逝去的时光
桑蚕树和蚕丝穿针引线
无花之果花间何在

和时间一起苍老
落叶无声
留得骸骨存，轮回生命
灵魂若在，身在何方

我可以借助叶的飘落
感受土地的仁慈与包容
叶尔羌河舒缓地流动
投影约旦河西岸的动荡

洛杉矶海岸的火把
还有行如潮水的难民
仿佛整个世界都入秋了

鸟儿迁徙,根在跋涉
有些门户只能一个人通过

那个季节已去
它们留守在暗物质以外
忘记哭泣
看上去很是虚假

行走未必产生距离
路程不过是心灵的空虚
寂静,或许还能留住时间

一棵树
脱离无数的叶
洗去风尘,冬季里
生命是多余的喜悦

在这深秋的旅途中
炉前取暖的林木,成群结队

像非洲的火烈鸟
陆地上的岛屿一贫如洗
一只破败的小船
等待起风

告别秋风

受伤的土地渐渐愈合
那一片片斑驳的、陈旧的绿
仿佛是贴在肌体上
过期的药贴
再也绿不起来的黄

从远山而来的劳顿的水
渐渐澄清自己
望着连绵起伏的群山
原始荒漠里的胡杨
眼里的泪
试图摆脱自身的苦涩

我仿佛坐在一辆观光马车上
看一路萧瑟的秋风

蚕食每一片落叶
老泪纵横的秋葵
不见昔日笑颜

其实
其实我一直坚信
留守于此的高大白杨
依然在与雄鸟道别
而我的心
依旧是一片宁静的沼泽
等待你重新陷入

我把冷色秋风
当一件御寒的外衣
远行已成定局
即便我是一座空城
伟岸是抵御风沙的城墙
坦白与执着
让荒漠去守护我的从宽

残阳即逝
大漠胡杨，落叶金黄
寒冬

将是另一番盛世
我满目咸涩的海水
足以让我看清这片
给我带来视觉疲劳的世界
我将永远缺席你的未来

告别秋风

叶落秋归

阿米尔的羊群
从水的倒影里看到
又一片金黄的叶
落满天空
公羊的睾丸开始膨胀

那片原野的牧人
早已归顺天意
炊烟袅袅的清晨
他仔细咀嚼每一块
和落叶一样焦黄的馕
松动的牙齿
或将缓慢脱落

远处吹来的漠风

在头羊的犄角上盘旋
残留的叶
在树冠上颤动
仿佛久远的涛声
流逝的岁月还未走远

隔岸眺望的我
不知是谁家走散的羊
深秋的丛林在夕阳下燃烧
一棵棵，一丛丛，一堆堆
烈焰冲天的篝火
唯有风，才能将其扑灭

无论我使用怎样的语言
呼唤这个世界
或许只是一个虚幻
大漠，胡杨
风声，水声
它们的词汇远比我丰富
可以领悟彼此的心声

风，知道叶该启程了
水，知道风该起舞了

羊,知道暮色渐渐沉落
通向围栏的路如此漫长

漫天飞舞的叶
每一次飘落
都是从一个季节
通往另一个季节的
惊天动地的转场

晚秋的风

高远的天空冷清了许多
晚秋的风
从远方吹来
被季节冷却后的涟漪
在水面徘徊

巴楚的红海在风中起浪
天边的胡杨在岁月里迁徙
老去的野草在风中喘息
岸边的落叶成群结队
被风吹起
像一群觅食的麻雀
瞬间飞去
又瞬间落下
倒在湖边的枯木

有谁会为它超度

无数个四季轮回前行
拼凑出残缺的岁月
年年如故的风
总在同一时节兴起
仿佛音色低沉的萨克斯
改编驼铃的空灵

我的躯体没有飘落的本能
只是随风摇曳
记不得本体在哪里
没有归属,没有去处
听命于风的摆布
或躲在厚厚的落叶里
被羊群踩踏
或因极度沧桑
成为斯泰因的老旧书签

北方的北

北方,是星宿的坐标
被自己的方位欺骗
以为自己是北的极点
北方的北是南方的南
极光宣布它的领地
在低矮的天空
光的风粒子
截流于此

我站在原地
形同豆芽
与我同岁的身影长短不一
只是,只是
我不能像板块一样彼此碰撞
或无法漂移

抬头，望不穿天空的蓝
俯首，看列队前行的双足
定点生活

天的遥远并非高度
当我狂妄至极
我那朝向北方的阴影里
陡然形成寒风四起的沟谷
针叶林
在我的毛孔里缓慢生长
一个恒久冬眠的北
在背靠背存活的笔画里
处处险象环生

冰雪盘踞在顶
被落差消融
低调地从缝隙里潺潺流淌
而我身影的背后
撕心裂肺的暖
一些史前留下的胎记
被岁月盘活

我开始按照自己的形体

从古老的象形文字里
找到自己是"山"
"川"字挂于眉心
冰镇的头脑
仿佛青藏的冻土
谦逊的思维里满是溪流
一首俗家吟唱的大悲咒
一路北上

西伯利亚的风
改变季节的态度
雪屋里的因纽特人
还有多少记忆
存活在海豹的脂肪里
旷世的寂静,移动的冷杉
远东正在形成强劲的风

蒙古草原,除了适于游牧
驰骋俨然是血液流动
契丹和女真
或许是马奶的产物
香山秋日里的最后一片红叶
盖在米脂婆姨的头顶

选择方位需要太多智慧

远古的司南

今日北斗

不会为休闲定位

我存活在尚未脱水的骨灰里

零乱的四肢

远视的目光

在野性的原野上驰骋

靠北的天最接近现实

遥远的村庄

风吹清寒
晨已退
遥望大漠长空,黄沙驰骋
一抹淡青脚步迟缓
塔克拉玛干是风的祖籍
三月巴扎回暖
驴车身形短小
碎步无痕,与驴同行者
走不出人的风采
倒也有一番生活情趣如美酒
堪无比

春来风绿
尘渐落
抚琴大地山河,春意盎然

一缕微风柔情似水

叶尔羌河涛声依旧缠绵

四月桃花笑春

农家炊烟缭绕

幸福无声,与风伴舞者

舞不出风的曼妙

殊不知山南塔河也几多春秋

地无双

杏花待嫁

蜂伴郎

飞过春色花香,山野遍绿

一组春诗惹人陶醉

准格尔大地也信马由缰

五月春潮滚滚

田间歌声如潮

乡村无界,与春争媚者

美不过春之烂漫

忘不了天山南北山河更锦绣

赞无言

树影如织

光飘落

岁月沧桑斑驳，大地奇美
一汪泪眼驰目遥望
疆北疆南辽阔视野茫茫
六月风光如画
山涧涛声旷古
瓜果留香，与水妩媚者
流不出波涛汹涌
抒不尽心中狂野举杯邀山川
醉无语

岁月远去
逝如烟
沧海人寰无际，草木春秋
两鬓风声谈笑古今
墙里墙外说不尽故乡情
今朝七月似火
树影婆娑无序
秋风渐近，与叶飘落者
飘不定四海为家
望不断夕阳如歌把酒空对月
归无期

叶尔羌河东岸

或许时空
就是流淌的水
朝深处流去
我看到天与地的缝隙里
一条清冷的河
拉开东与西的界线
流向一片原始的荒野
仿佛北非的遥远

蜿蜒北上的叶尔羌河
无声无息的波纹
排列成水的文字
记录荒芜

我站在夕阳的位置

遥望远古的刀郎从晨曦里走来
缓步走向他们的极乐
让古老的歌声在两岸生长
东岸的胡杨
仿佛一支穿越大漠的驼队
饮马叶河

头顶黑色皮帽的樵夫
拥挤在周日的巴扎
一群游走的菌类
在丛林密布的荒野
无根生长

无品的二弦古琴
空灵的琴声敲打着天空
歌者席地而坐
含糊的歌词在口腔里流浪
足下的土质在齿间钙化
一层厚厚的硫黄
成为他们二次咀嚼的草料

东岸的辽阔
涌向克里雅的史书

汹涌的沙丘
成为斯文赫定的向导
蔑儿乞部落的营帐里
炉火渐渐熄灭
镰刀取代了弯刀
五颜六色的孩子
糖分在他们脸上开裂
游牧就此歇脚

苍天无界,大地无边
把围裙赠给女人
男人采花不亦乐乎
沉重的花帽四周
色与情同时绽放
眉飞色舞地挑逗
居无定所的心
在空旷的原野上漂泊
狂野的舞蹈
试图摆脱自身的苦涩

季风是两岸最出色的画师
它用河水泼墨
大漠生宣

丛林，随笔峰驰骋

南飞的大雁给写意题词

西部的天空

留下一枚落日的红印

叶尔羌河东岸

可可托海山野的雪

1

季节的裂变源于北风的回归
碧空南飞的大雁
留下一组苍凉的歌
冷却的大地
长眠地下的春
流经山谷的黑色之水
改写溪流的风骨

俯瞰那片原始丛林
初雪缠绵,松柏无语
宽谷里桀骜的白桦林
宛如沙漠里转场的红柳
错落在蓝色雪地上

瑟瑟燃烧

2

用意念堆砌的山
有高度，没有海拔
被雪的覆盖催眠
繁衍于山脊的松
冰冷地触摸云的根基
比自身还要沉重的白
遥想六月的山花
舞动山的躯体

我呼出炽热的气浪
被远处观望的雾凇截获
闲庭信步的足印
或许，这个冬季
不会被记忆收留

3

看到这片洁净的原野
我很想清空多年的内存
从天空那里
下载所需的心境

让那信马由缰、被冰雪覆盖的山峦
在我体内驰骋

安息吧!活着的原野
我会把你的粗粝
变成我随身的胎记
我不会狂野
只会妄想
在下一个宁静的雪后
与行云一起漂泊

4

阳光,从雪地里吸收热能
冰冷地烘烤
这幅被刚刚装裱的水墨
弯曲的时空,流淌在山谷里
沸腾的群山做客原野
如果说夏季的松涛
是对远古的呼唤
眼前这片无际的林海
便是对虚幻的阐释

面对如此圣洁的雪

我只能选择冷藏记忆

等待冰雪消融

再陈述对寒武纪的解读

可可托海山野的雪

沸腾的群山

白色烈焰
冰冷地燃烧在群山之巅
我见过那种火焰
那是冰雪在低温下的沸腾
水深火热的地心
以另一种极端
塑造了这种雄起的高度

无论我站在哪里
同样可以看到
遥远的山脊
在青灰色的岩脉上波澜起伏
那一条条蜿蜒的白色冰川
宛如朝下翻卷的火舌
淬炼旷世伟岸

真正的篝火
选择绝对海拔
山下六月的野花
漫山遍野的层层铺垫
给高处的松柏
永恒的自信与挺拔
山下是婀娜妩媚
山上是冰雪苍茫
仿佛天边涌来的巨浪
心
是无边无际的海岸
所有的冲刷
都在心灵盛开
给山塑造新的高度

石钟山的钟声

落于山间的石钟
内置的青铜
仿佛包藏所有的余音
寒武纪的重锤
打在山石坚硬的外壳
六千万年的裂痕
开裂的声音依旧长鸣

岩体的内核
或许比躯壳更为坚硬
犹如水的锋芒
时光流逝,岁月倒流
我们所在的球体
悬浮于时空的曲度上

任由射线穿透

这一口钟

究竟是哪一个音符

石钟山的钟声

阿勒泰山野的风

世界之大
没有比阿勒泰更远的遥远
是北风安营扎寨的地方
它任由云层摆布
水,交由山的流淌
仿佛山野之花
任由季节的蹂躏
它们只顾盛开
享受流浪

春雨季节
群山的海拔渐渐消融
白哈巴的脸谱
在树干上变化
禾木山下的木屋

借助炊烟的力量
用尽全身的力气
伸了个舒心的懒腰

还未脱尽的狗毛
粘连在牧羊犬身上
像衣衫褴褛的萨满
狗的法事也很特别
用叫声给风助威

山花开出了声响
鸟雀玩起了姑娘追
白云在低空飘浮
仿佛奶茶上漂着一层奶皮
这里的风
忽而去喀纳斯
又沉入山的谷底
在吉木乃喝个烂醉
像一片落叶
给额尔齐斯漂流的理由
偶尔跑到青河
与沙棘打情骂俏
然后又干脆杀到可可托海

敲敲钟,跳跳舞
幻化成蒲公英的裙子
在三号矿坑里镶一颗宝石
又吹到禾木
演一出雪的闹剧
乾坤是她制定的法则

阿勒泰山野的风啊
身无形,足有痕
在这世间奇美的地方
为何总有她深情的陪伴

三号矿坑

深沉的大地之眼
望苍天,星辰无数
数不尽的年轮
在群山中盘旋
一滴泪
像一颗巨大的海蓝
镶嵌在记忆深处

山里的石钟
或许是为当年的开工敲响
共和国的命脉
曾在这里延伸
多少个青春在这里点燃
火花四溅
逐梦的年华

从中原,从江南
由此向地心开拔

云母的碎片在坑道里洒落
亦如当年风干的花瓣
两弹的内核从这里起运
沉寂于地下的汗水
结晶出多少稀世宝藏
随便拾起一个普通的名字
擦去光阴的封尘
那光芒四射的往昔
随箭体一同射向天宫

无愧于世界的矿坑
解读世间的博物
最完美的地质在这里开裂
庄严肃穆的冷杉
重兵把守
最简易的三个一
组合成国家的高度机密
所有的记忆
都从远方走来

多少年过去
阴冷的岁月通道
几时停下了凿空的钢钎
把热血添加在机器里助燃
注定是惊天伟业
我无法想象
这些用生命凿开的矿脉
在这远古的山脊下
究竟延伸了多少年华

遥想当年
那昼夜不停的车流
如今在哪里抛锚
那尘土飞扬的岁月
在一个雨后的清晨
尘埃落定
我可以听得见
多年前解放牌嘎斯车
不朽的轰鸣
如今早已化作
回荡在这片山野之中
阵阵松涛

三号矿坑

安于现实的人们

游走在矿里矿外

披一件御寒的棉衣

听一段哽咽的解说词

出来便汇入欢声笑语

前人的功绩

我们的台词

挥手告别之时

已让我回归的脚步沉重了许多

仿佛有汗水的分量

禾木晨曦

朦胧的晨曦
展开雾一般的羽翼
与我的意念相符

迁徙的候鸟
遗落几片白色羽翼
被持重的山酋长插在头顶
白雾还未苏醒

散落于山谷的木屋
仿佛酣睡的醉汉
不知哪家的炊烟袅袅
懒懒地浮起
宛如昨夜的酒歌

木栅栏外
一头安卧的奶牛
咀嚼山色
牛犊的童声祷告
无须教堂

推开一扇简易木门
铁炉里鼾声如雷
疲惫的长靴倒在一旁
马头琴保留着驰骋的姿态
琴头的羽毛
歌者的缠绵,马奶
熬夜的油灯步履蹒跚
昨夜星辰无语

转场的季节已安家落户
清冷的风嘘寒问暖
一条沟谷的山色
一汪宁静的天空
插翅难飞的云
落地松柏,留不住遗骸的羊群
无法逃脱虚假祷告

苍老的禾木

昨日里还有你的欢声笑语

逝去的身影,遇冷

凝结这个清晨

哪家的梦还在温存

阿勒泰印象

相对停滞的时间
改变不了风的野性
它像一匹远古的野马，拒绝驯化
阿勒泰，从外太空陨落的天体
久远的乳名，漫长的延伸

有谁知道
清纯的白哈巴
一个还未出嫁的少女
她在民歌的溪流边饮马
和绵绵细雨探讨女性的温柔

自从五月
乃蛮部落从冬眠中苏醒
和布克赛尔的草原就看不见牛羊

布尔津河岸的毡房遇水生长
游走的风水先生
占卜昨夜星辰
皮毛上都是奶香的牛羊，冷水鱼
在云游的季节里
一路小曲儿
去了喀纳斯
分享湖光山色

高出天界的天
云在陆地上滑行
图瓦人原本就是湖怪的图腾
阿勒泰的传说依旧在迁徙
萨满的湖泊，吟诗的毡房
在一头奶牛身边喘息

什么时候，雷电闪过
一棵百年小松
变成裹着皮袄的哈萨克老翁
他遥望额尔齐斯
暖暖的彩虹
或许是亲家雨后的炊烟

喀纳斯哲学

源于晨曦的解冻
侏罗纪时代的片尾
山谷里的水
宛如游动的字幕
在一头犍牛的记忆里
会有怎样的史学

我眷恋这片山谷里的季节
仿佛与我无关的初春
滞留于此的白
增加了岁月演变的难度
同样的绿,群山
总要留守它恒定的法则
逝去的还会回来

在游牧人的脚下
那是一片松软的绿潭
安静地喝着他们的奶茶
用缥缈的牧歌完成转场，定义初夏
杜撰黑格尔的障眼法
在萧索的雨季里
鸟儿不再产卵
牛羊下崽

离群索居的种马让人愉悦
行云的态度更是显而易见
在湖面的天空
白里透黑
当蓝天的倒影泛起波澜
湖怪便有了存在的意义

盛夏的故事还未讲完
喀喇昆仑仍旧盛装舞步
纳兰词里雾窗寒对啼鸟
遥望天暮
斯泰因已锁定归去的路
这时的秋色渐浓
悄然挤进狭长的山谷

夜幕降临

苍穹越显高傲

苏格拉底的学说否定两种可能

我的赞美

已被昨夜一场大雪封埋

在我的记忆里

从未有过语言障碍

我虽耳聪目明

看懂喀纳斯

还需另有智慧

遥远的额尔齐斯河

千回百转的思绪
在一个遥远的概念里集结
山与水的绿平分秋色
那一幅墨迹未干的写意
冷色堆积的画面在缓缓流淌

我那鸟羽一般的思绪
在掠过你的上空时
视线，被突如其来的辽阔填充
我很脆弱
看不到这无边无际的绿的尽头
我已尽力
头颅只能站在肩膀上
我用尽智慧
也只能停留在疆北的高维度上

用山与水的清澈
淘洗多年沉积在眼里的混沌

阿尔泰语系里的河流
深邃的竞渡
仿佛在寻找她最后的归隐
我擅长体恤山水情愁
却怎么也看不懂
额尔齐斯的九曲回肠

喀依尔特和库依尔特
信马由缰
喀拉额尔齐斯的缠绵
克兰河的柔情
还有布尔津的水卵
与哈巴河的湍流结盟
撩拨斋桑的辽阔与静怡
在国土的北纬线上
我看到你留恋的身影
迟缓的脚步
留下一曲悠远的琴声
载着鄂毕河浓烈的俄国气息
流向北极的天空

我猜想

那波动在极地天空的流彩

可是你韬光养晦的波光

准格尔原野

牛粪熬制的奶茶
随风飘香
一张羊皮版图
席卷大漠
粟特人途经这里的时候
传说早有起源

高空的云
低纬度的马
弯刀和马靴驰骋天下
长生天与安达
一个枭雄崛起的时代
准格尔已是暮色缠绵

冰,足以解冻春天

当绿雪覆盖原野之时
我们几时学会席地而坐
盘腿打坐,清点牛马
看群山驰骋,风作缰
猎鹰充当军师

噶尔丹帐外的马头琴
琴瑟悠长,战马哽咽
来不及喝完最后的马奶
岁月已被抵押

前往碎叶的中亚盐商
骡马成群
毛驴成了智者的玩物
长河落日,风干草木
蒙古长调搭建思念的浮桥
格格出嫁
康熙的长辫胜过马鞭

在那些故事里
男人的腰间依旧悬挂
宝刀,鞍马如影

准格尔原野

钦铁木尔的猎犬蹲守旷野

那一缕浩渺烟云

为何流淌至今

沙孜草原的风

远望倚天的群山
那是风的身影
当我可以看见它的有形
呼吸却在耳边起伏
一只高空盘旋的鹰
检阅白云仪仗
云影在草原上划行
如转场的羊群
草的涟漪给骏马催情

一汪静怡的湖水
在风的牵引下在此歇脚
漠视草原法度的游人
猎奇马奶的醇厚
在飘然中杜撰牛羊的绯闻

那一桶桶
被牧人的妻子挤出的白色血液

阿肯头顶的皮帽掩盖双肩
他们迈着外开的八字
从风的裂缝里走来
手中的马鞭舌尖开叉
用于指点家园

与马奶接亲的队伍在远方形成
犹如迁徙的部落
报喜的马儿呼啸而来
少年用喜讯换取阿帕的福吻
叼羊赛中的青年
风的羽翼在他们身上成长

迷你的巴音布鲁克
瓦尔丁湖在此改名换姓
白鹭在倒影里试飞
倘若一种文明的迁徙与繁衍
只属于鸟类
而我们只是个外来物种
歌颂与摧残同步进行

该用怎样的呼麦
才能留得住沙孜草原的风
驱散心中的乱

沙孜草原的风

北疆烽燧

残缺的记忆
风化在裸露的胫骨里
古道依稀可见,穿越荒野
天边的你
你身着粗布长衫
抽打狂风呼啸的戈壁
坐穿梵文的罗汉
达摩的弟子
禅宗打磨岁月

狼烟驰骋
碧空苍老如初
行者的回忆颠三倒四
遥相呼应的手足
亲情举步维艰

它们只传递远古的求救

阿难和迦叶

佛法辽阔的卷宗

退隐江河

如此长夜星光

奶奶只顾挑灯念珠

五番礼拜

让岁月的舍利子得道成仙

不知何时

爷爷的素衣

成了条纹模糊的袷袢

北疆烽燧牵引父亲的驼队

五彩戈壁，魔鬼缠身

如血的夕阳

在狂风的记忆里

岁月修行

无法驱散的孤独

定格阴阳两界的虚幻

赛里木之韵

我猜想
假如你是从天外陨落的钻石
你的蓝色该是哪般模样
或者说你是一滴天泪
你的咸涩又在哪里

我那蓝眼睛的奶奶曾告诉我
你是远古的一座城池
环抱你的绵绵群山
可是你坚固的城防
远山之巅,那皑皑白雪
或许是拓疆者头顶的银盔

我猜想
月亮或许是你梳妆的镜子

黎明时方显你俊俏的美
初升的太阳
在藏蓝的湖面划出一条发迹
燃烧的波光
犹如远行的驼队燃起的篝火
唤醒五月的山花在风中摇曳

赛过最美的瓦尔丁湖
里约的巴西也不过如此
木屋并非是你奇妙的点缀
湖光与山色或许是萨满的摇篮
如茵的绿草从远山流淌
野花与蝴蝶的婚礼热闹非凡
散落的毡房如雨后的草菇
古老的那达慕
被一层层涌浪推向岸边
阵阵清风
如马尾制成的琴弓
空灵而悠远的马头琴如痴如醉

我幻想
那连绵起伏的雪山冰峰
或许是当年

成吉思汗敬献的哈达
蓝天上的白云
定是他牧放的羊群

这一汪幽静的蓝
可是解忧思乡的泪
你的深蓝恰似岁月的沉淀
抑或是山河砚上研好的墨
大地乾坤
用一根丝绸的线条
画出一条贯穿欧亚古今的心路
泼出一条连接东西的绚丽彩带
因此
你那份深邃的蓝
仿佛缠绵的夜梦
故而
你头顶的阳光更加灿烂
悬在你夜空的明月
更显清澈柔美
圆缺只是你的深藏与彰显
我知道
满天的星辰是为你的点赞

美丽的高山之湖啊

你四周的草原牛羊撒欢
遍地的野花
盛开在维吾尔姑娘的舞裙上
阿肯的歌声与冬不拉琴弦追逐
马头琴的音色在湖面荡漾
阿塔卢西卡舞步如骏马驰骋
花儿与风琴情窦初开
噢，这一碗醇香的马奶
让群山醉倒

美丽的赛里木啊
你是一汪有进无出的圣水
你是一段出自远古的传说
你是一幅镌刻梦想的画卷
你的宁静可以激起心灵的波澜
你的涌浪可以抚慰内心的渴望
你的深蓝足以沉淀所有的泥沙
你的脉动足以震撼大地的心灵

这一汪美丽的圣水
遥望浩瀚宇宙
回眸缥缈时空
拍岸的蓝
总有我说不尽的心声

唐布拉的暗示

从水的梦中醒来
清冷的早晨
我把所有的忘却留给身后
仿佛那唐布拉草原的河
让我看到它波涛汹涌的瞬间
涛声是晨时的诵经
无暇倾听我源自何方
去往哪里

我算不上诗人,何为作家
亦不会歌唱,舞者何在
我们只从群山那里学会了走路
向河流领悟奔跑
漫山遍野的野花让我试着微笑
风,如铁匠的重锤

恰似我的性格

你可以把我当作这片天堂的鸟儿
歌声是它们的驰援
天空凝固的蓝
给我补充缺失的钙
我以为
我就是马背上打盹儿的牧人
右臂上懂得归顺的鹰
即便给我戴上眼罩
一样能看懂世界

不曾与曾祖父谋面
远处的群山
酷似爷爷的毡房
头顶的冰雪
两侧开叉的白色毡帽
抵御灭顶之灾

草原是母亲的身份
容忍我们踩踏
从她的裙摆上
我采了几朵野花

裙子破了,她却说
他还是孩子

我的确不太懂事
看到连绵起伏的群山层层叠叠
这片草原在风中起舞
还有奔涌的河
我变得愚痴
与牛羊相比
我甚至不懂俯首亲吻

请把我留在这里
还给我的族人
这片土地如此宁静
唯有我还这么喧嚣

让我留下
做一棵小草
被羊吃了,还有根
在隐秘的世界里发达

喀拉峻草原的山花

还原世界的远古
初始的蓝在天空发酵
飘浮新近生成的菌类

在并不稳定的宇宙环境下
一些逃逸的星辰
选择在这里陨落
被远古的牧歌截获,收留

当那些星星点点的毡房在此定居
游牧诞生了草原
喀拉峻的深沉解决了风的单一

我选择一处平缓的高坡
低矮地站在野花丛中

看那漫山遍野的蓝紫、橙黄
想不出她们为何如此芳香烂漫

盛开，对于人而言
那是一种性情的释放
我们没有色彩可以炫耀
却懂得装点自己
我幻想
那数不清有多少种颜色的野花
兴许就是山野的乐谱
风，听懂了她们的心声
在山谷里一路传唱
彩蝶看穿了她们的羞涩
让她们的斑斓留在羽翼上
飞飞落落，笔录春潮
蜜蜂嗅到了她们心中的秘密
做媒嫁娶

此时的我
仿佛可以穿越自我的时空
看不出没有人文的苦闷
寂寞是等待射出的箭
释放后不再属于自己

这里的山花妩媚泼辣

从蓝天那里欣赏自己

牧人的毡房随迁徙而生长

高大的山，充满自信

守护草原

一切灵动的生命都在转场

唯有这片永远的山花

留守，绽放

风的追随

让我无法企及

喀拉峻草原的山花

时　间

——它是水的另一种存在方式，
　　视而不见，流而不止，
留下的永远是抹不去的印记。

一路向南

冰达坂是阿凡提的毛驴
传说中的故事里依旧亮着一盏油灯
巴依家的桑树影投在月亮的院里
远古的路通往何方

想起多年前黄灿灿的杂粮
我很健硕
能让群山在我的故事里酣然入睡

爷爷说,南疆的维吾尔人
用毛毡裹着驴蹄
翻越冰大板,熬过了民国后期

萨帕依的声音像狂风中的梭梭
把根牢牢扎在风里

我从草原的东部涌进吐鲁番的干涸
托克逊苍老的树木
在季风里出壳
男人的胡须长在乡野地里
来年，他们的尊严大获丰收

苍老的焉耆，绿油油的旱季
开都河曾经是女人的嫁妆
破碎的记忆还得在娘家缝补

大漠那边飘来烧烤和鱼香
烟熏火燎的巴扎
维吾尔花帽是收银的器具

你我可以同往旧有的世界

开都河

记忆的长河千回百转
大雁南飞,黑蚁行进
嗜血的风
让流经的岁月遍体鳞伤

初春,燕雀北归
不见江河回流
群山之间没有好客的驿站

冷色之水,无声无息的静
或冰封大地
三水奔涌
演绎了多少多事春秋

每一个源头,一滴水
它的汹涌与强悍

如同一支远古走来的铁骑
总得有一片可以驰骋的草原

宽阔是自守与坦白
驰骋的野花谈笑风生
被割舌的秋风支离破碎
蒿草林立
游牧者选择草原的辽阔
衰败与复兴成为历史的双足

浪花溅出星星点点的毡房
牛羊乔装成说书先生

它们咀嚼乳草
追忆曾被屠杀的野史
摇头吟诵福乐与智慧
剪纸辞赋

这一段旷世洪流
蜿蜒曲折,如同歌者的颤音
维吾尔人抖肩的民歌
蒙古的呼麦与长调
天鹅长颈
为何总能唱出缠绵与忧伤

开都河

罗布村落那边

斯文赫定用陌生文字
写出西方带有哲学细菌的口水
我有足够的智慧认识自己的母亲
再遥远的地方都有家狗家猫的叫声

我已经走近了,岁月只是一扇腐朽的大门
孔雀河边的绿色蜥蜴
翘首张望,它或许在揣摩
起起落落的波涛究竟承载着什么

独木舟里站立着一个摇曳的村落
我们从无到有
来了,又去了
辽阔的原野长满野草
生生死死都在牧放自己

我们的族群夹杂在羊群中
和它们一样眷恋这片
与沙漠杂交的土地

在胡杨林里的那个夜晚
我醉倒在一片枯叶上

罗布人的家园

罗布人家的老胡杨
穿破了十五个世纪的风衣
完好无损的躯体
时间上却落满补丁

多嘴的史学，痴呆的学问
他们能解读我们的时候
我们还是个符号

他们用草木装点家园
门前的图腾，无解的数学
营寨和部落
靠木制的太阳取暖

头顶白色毡帽的老翁

鱼头人身的老萨满

手中的长矛，温柔的炊具

目光才是锋利的鱼叉

猫头鹰蹲守祭坛，吟诵黑暗

夜莺呼唤缠绵

彻夜高歌的蟾蜍男欢女爱

产卵时节未必年年都有

那一片无际的沙漠

幽灵出没的丛林

黄昏把余晖涂给胡杨

暮色渐渐褪去

能有几家的油灯继续亮着

文明者喧嚣浮躁

落伍者恬静安宁

入夜

至少还有故事可以讲给孩子

只需一条独木舟

便可以站稳世界

湖水鱼汤，微笑属于自己

红柳的狂野

殷红地绽放在他们脸上

他们用野史里的篝火烧烤岁月

还有多少理由,我们可以

如此蔑视他们

龟兹与库车

让我想起满头小卷的佛尊
克孜尔的残垣断壁
坐怀不乱的壁画
被剥去金缕袈裟
依旧坦然如钟的僧侣

如痴如醉的乐师
游离于阴阳两界
卸下绢帛的驼队酣然入梦
生性放荡的胡人
有太多的岳丈

饲草房里隔墙偷听驴马
那一夜烂醉如泥
改写了龟兹

岁月的土路
短小的驴车走出红色峡谷
无法摆脱的黄尘
那一路层层叠叠
往事在深秋里落叶
吃斋念佛的僧侣悄然隐去

晨钟已敲不醒沉睡的驿站
黄昏时分
暮色中一段晚礼艾赞
穿透麦加午后的天空

飞鸽回落屋顶
乌鸦落向断崖
鸠摩罗什的子孙捧起圣训
禅房留给鸟雀筑巢

罗马帝国出世后
地中海从此热闹非凡
中亚的茶客，本地的盐商
毛驴改嫁
整车的壁画无处贩运

我相信那次迁徙
与候鸟同飞的我依旧沧桑于世

暮鼓息去
孩提飞鸟
多少人寰已绝迹
但见烟火稀疏
古河大桥上行云流水
龟兹雨后宛如彩虹
看不完的经卷只剩下一本

千年一载
繁花依旧乱性
父亲者去而不返
无姓的孩子在长裙下生息

神木园

相对于远山托木尔峰
道行很深的神木园
它还是个孩子
一股山泉从琴瑟里流淌

温宿背后的土山
仿佛一群债务缠身的农夫
蜡黄的脸上尘土飞扬
倒给了安息者一片无风无雨的宁静
远处的乡村
苔藓般依附在缺水的岩石上
远望山色苍茫
或也解渴

树与人有缘

它们知道扎根
人却掌握它们生与死的权力
相同于牲畜与屠夫
和水中的鱼相比
猴子显得大智若愚
两者相安无事

抖去身上的尘埃
驼队早已远去
留下破碎的驿站
颠三倒四的哲学史
在这里变得苍白，荒芜
自相残杀的野史尸横遍野
胜者沦为阶下囚
败者踪迹全无
我们这样解读自己
用逝去的苍白
掩盖当下的无语
在回家的路上
掉队的毛驴必死无疑

因为年代久远
千年之后又是五百

一位朴素的拓荒者
用脊柱揣摩天意
在树的年轮上得道成仙
那一片青涩的绿
早秋已成定局
无人安抚落叶有心
行者步履匆匆
逝者仰天诵经

我看到古战场上头骨碎片
陈列于荒芜的山口
我倒想在所有的人走尽之后
独守深沉无语的傍晚
遥望绵绵群山的高大与宽容
所谓的踏青者
足下有的是践踏与尺寸
在最后的功课之后
我只能俯首赎罪

克孜尔山谷的雨季

朝西生长的山
宛如猎人点燃的篝火
鱼形的云在大口喘息
山谷里的土屋,即将分娩的女人
山白杨是守护家园的男丁
隔墙与街坊言欢

这一片旷世山谷
高矮不一的土墙几乎湮灭
我望着渐渐逼近的雨云
拴马柱上的长绳和马,为雷声喝彩
苦命的驴,卸不去的重负
恐惧在它眼里打转

天灯闪了几下
亮不起来的天庭

土路两侧的碎石
如迁徙的蚂蚁
上世纪还在涌动的人流
哪条才是回家的路

木椅上松动的身影
受伤的猎犬在一旁舔舐伤口
一场纷乱的大雨如期而至
低空的飞鸟躲进睡袋

如果是在中世纪
我可以看到摇旗呐喊的萨满
当下的雨
让祈求者跪拜天房
苍天听得见他在诵经
无声无息的心
大雨滂沱
淹没整个世界

千佛洞早已闭门谢客
无所嗜好的旅游大巴
木鱼状的面包
只有遥想与思念
可以穿透这样的季节

古道茶香

龟兹的红茶煮好了
那时的太阳刚刚醒来
口齿伶俐的麻雀
修改晨曲中的歌词

天鹅的历史如此漫长
在它们的记忆里
祖母还在蛋壳里等待孵化

克孜尔壁画里的佛法
像鸠摩罗什充满智慧的脑袋
至今让我们搅扰在虚无之中

穆赛莱斯酒一双浑浊的眼神
能让你忘乎所以

忘记自己,忘却过去
还能让你背叛你与存在之间的关系
只能回忆起
曾被一位热烈的女子掠去
土屋里的茶更浓了

莎车那片荒野

依米提的荒野里
莎车的巴达木开口了

叶城的黑脸汉子遥望身后的黑色山峦
古老的战场被月球引力洗刷干净
季节的洪流急功近利
叶尔羌河早产于一万年前
追寻岁月的路虽然很多
我该走哪一条

于阗后史

和田人的语言像玉石一样
羊脂、青黄
柔润而光滑

短小的驴车穿梭行进
乡下路上
一群蚂蚁守着一团新鲜的粪球
它们的方言里也有"艾纳"

墨玉河畔
一个古老乡村从山谷里流淌
我深信
那里有一条通天的土路

高大的桑树,宽阔的溪流

或许农家门前的烤馕炉余温未尽

一群失学的麻雀叽叽喳喳
谁家的少女该出嫁了
跨过火盆,红毯依旧完好
通向洞房的路上划过一条彩虹

或许,那是一片宁静的桃园
信守贞操的堡垒
不会因为棉花丰产
玷污灵魂的信价
我们依旧需要行使善良
迎接远去的燕子在屋檐下筑巢
无论我们是人是鬼
走出去多远
身后永远是家园

于阗后史

我的南疆

守望湖沼的渔夫抛出渔叉
收获了几条大河
渔网上晒着一团烈日
独木舟上却挑着一轮明月
夜夜篝火的日子被熬成了酸奶

比胡杨还要苍老的老翁
搀扶着门前的朽木
遍布塔克拉玛干的红柳
是从尼雅出逃的少女
织锦在茫茫原野上的艾特莱斯

小河村依旧在迁徙
我们只是在追赶岁月
就像滚滚流沙

顾不了身后的桑蚕时代

我思念你，想你想了近半个世纪
却仅仅走了半个月
二十四小时，十分，一秒

我徒步行走半生
找回了七世纪前的驼铃
达尔文苍老的身影
走进落日余晖下的塔里木
我们是远古的文物
沸腾的群山、大漠
穿越时空的弯弯河流
燃烧在八月的熔炉里……

喀什的天空

遥望帕米尔高原
山的黄色涟漪朝天边袭去
吐曼河水满目羞涩
流向百年茶光
浪花在茶壶里飞溅
岁月的残渣
依附在窝窝馕的后面
咸涩在舌尖打转

绕城一周的风倜傥无比
黄灿灿的无花果
催情的纹路
在叮当作响的铜器里发光
色满路旁野花盛开
三五成群的蜜蜂交头接耳

节庆时的艾提尕尔
纳格尔皮鼓在骨膜里作响
一个早熟的男孩
倚靠在门外的砖墙上
裤子总是多余的物件儿

高台民居里的小路
走不出岁月的流觞
光阴未必不回首
老街里的故事光怪陆离
往事可以随意倒流
无论何年何月
买买提的烤肉总也卖不完
无论何时何地
香妃的故乡香味扑鼻
喀什的天空
在白云里发酵

街头的剃头匠悄然隐没
剩余的抓饭
在倾斜的锅底打盹儿
时尚的古丽，假冒的香奈儿
如老街的路灯

古城的开门仪式后

人流开始涌动

老旧生活口味浓重

来一碗癫狂的冰酸乳

盛夏的天空总会清澈许多

百年茶馆

那一年秋
艾提尕尔院内的白杨
落尽的秋叶
给乌鸦筑巢腾出了空间

方言浓烈的风
言语刻薄地四处游荡
刮伤老店的一些门板
屋顶的茅厕
稳居高台之上的标配
与色满路上空的飞鸟遥相呼应
用于识别出路的条形砖
散发着麻烟的气味

毛拉的灰驴格外受宠

它们懂得优先交配
那时的袷袢条纹清晰
成为喀什噶尔的地标维度
晌午的阳光开始灼烧
让刚出炉的窝窝馕灿如骄阳

用于交流的各色绯闻
在茶客们的棉衣里莹莹出汗
散发酸楚的气味
随都塔尔琴声随意飘散
铜壶里的浓茶
等待糖果

萨玛瓦尔里的水已不能自拔
沸腾是另一种咆哮
络绎不绝的烤包子
叮当作响的铜匠
和尖酸入骨的玩笑
耀眼地挤进古宅二楼
盘腿打坐更显稳当

香妃的话题比蜜还甜
寡妇的名字被唱成民歌

满堂的茶客

忍受彼此的基因扩散

看一眼都会怀孕的女人

浓眉是传情的道具

百余年来

繁衍未必只为喝茶

近千年的愚昧干粮

赤足之下的热土

打通剩余的血脉

四肢未必发达

头脑何曾简单

靠阳具完成所需的思考

丰乳肥臀像多情的牵牛花

四处攀岩

这些茶客

昨晚还在墙头做爱

茶碱和纳斯唇烟

用于消磨时光

还能让岁月延年益寿

深秋的云

随意飘在空中

比翻飞的鸽子还要悠闲
熙熙攘攘的人群
把勤劳租借给蚂蚁
从春忙到秋
不知蚁群的茶社又在哪里

喀什之路

通往喀什的路
深沉的湖水恰似北极的浮冰
在热浪滚滚的夏季
游离在岁月的恐慌中

艾提尕尔的傍晚熟透了
释放无花果的味道
红石榴长在小姑娘脸上
吐曼河羞涩的涟漪该分娩了
高台上层层叠叠的户籍如经卷一般
被帕米尔的风催熟的男人
高挺着鼻梁
仔细搜寻卵子的气味

胡杨老人

西域的天空
一面磨砂制成的玻璃

走过原野的浩瀚
路边一丛闲聊的老翁
它们的故事早已不在语言里
三千年
足以破灭所有记忆

我本想带它们去世外走走
老者曰
走不远,也飞不高
多余的寿命
留下来守望这片土地

胡人种下的沙漠白杨
一峰疲惫的骆驼
终于找到歇脚的理由
停靠在一道坎坷的年轮上
屯兵繁衍

它们仿佛是我熟悉的狂人
苏菲、阿吉
毛拉、阿訇
倒下身躯,由绿变黄
萃取的传说里
巴楚稀有的阿维菇
一顶缠头的色兰
诉不尽的简单

即便
这个世界宇宙星光灿烂
何时才能理顺来龙去脉
树木,不过是被上苍
点穴的罗汉
漂泊的魂

胡杨老人

野性之歌

刀郎人的古歌像苍狼的呼唤
六月的蝉鸣
唱得伽师瓜咧嘴憨笑
悬在腰间的英吉沙小刀
只为切割季节的骨骼
剥离岁月的软骨和肉质
让羔羊脱胎
父亲恍然大悟
还得给儿子举行割礼
在生与死的快线上
没什么割舍不下的东西

割礼后的男孩
可以清晰地看到另一个世界

走进塔克拉玛干

走进塔克拉玛干
金沙黄波高低起伏
涌向天边

一丛丛红柳和胡杨
徒步走向大漠深处

天阴云厚的第五季
顶着足以撕裂大地的雷声
小雨滴稀缺地滴落在沙地
望远处,天边一道道倾斜的雨幕

我感受着远离人间的空旷
辽远、寂静和短暂的甜蜜孤独
一场自来到南疆后

未曾经历的蓄谋已久的春雨
终于在夏初五月
赤裸裸地在大漠腹地倾注下来

大漠灵魂——驼

当天边不再出现古板的山峦
肆虐的狂风虚构邪恶
无情的扫荡伸向粗犷的大漠时
风与沙的博弈
在胡杨枝头展开
那便是我失去理智的幽魂

当冤死的古木扯着狂风的衣领
双峰驼却藐视一切，遥想
岁月的驿站，那一口清泉
铜制的铃悬在曲颈
又该诉说怎样的荒芜，漫长
只是一夜的等待
唤起你悠悠的牵挂
恍然一处楼兰

长然下雪白的祝福
那该是我饱经沧桑的灵魂

我深信首尾相连的驼队
不会为生的执着傲慢
不会为死的堕落而消沉
远离杂乱的村落
走近宁静的天蓝
或许,并不安分的阴魂就是我

当痴呆的人类冒着秃顶的危险
勾勒虚幻的天外世界
将看似仁慈的目光,贪婪地
投向含昆虫在内的万物世界
另一种声音在远方呼唤
我猜想
那便是叱咤大漠风云的我

南疆石榴

从季节的花蕾里
走向渐渐冷却的秋风

贪婪的婴儿
吮够恒星的乳液
多子多孙的家庭
过着冬眠的日子

热带丛林里的织巢鸟
倒挂在秋天的枝干上
喂养蜂蝶
没有语言
祈祷的目光
挤坐在红顶寺里

一群透红的卵蛹

裹着厚厚的外衣

秋日里取暖

梦破碎了,她们撒落一地

最怕笨手笨脚的人

春情萌动的少女

一个个殷红的小嘴

吻一下

她们泪流满面

这样的季节里

总该有人分娩

风的选择

所有的风,居无定所
流浪的乞丐
隐藏于荒野的任何角落
起初,它们一点点撕咬红柳
午后,刀郎艺人高亢的呼喊
孵化远古

吹落杏花
游走库车峡谷
阿克苏的铁匠
敲打巴楚的马蹄
埋没罗布泊的篝火
蒙面的疏勒挺进莎车
席卷大漠

四月强推五月

从春分起便开始生长的田野

小麦,苜蓿和探头探脑的树丫

小心翼翼地与风相伴相处

在风和日丽的六月里

我坐在农夫的门前

看衣衫褴褛的它们

退守大漠的背影

恰木古鲁克

偏平,长有根须的蔬果
作为古老乡村的名字
深深扎根大漠

被风吹直了的高大白杨
看护着在它躯干下玩耍的孩子
穿破衣裙
与我咫尺之遥的土屋
相隔半个世纪
推开一扇农户的家门
斑驳的树影
被搬家的蚂蚁挪走

过去,远去,逝去
一段陈旧的历史

随夕阳西下

头戴粉红头巾的一位少女
右手扶着敞开的门框
朝向门外的半张脸涂抹着羞涩
迈不出去的门槛
横在她低垂的目光里

男人们从手到脸
每一条皱纹都是一条根须
身上的素衣,未干的泥土
无法缝补心上的老旧伤疤

多浪河畔翻飞的蝴蝶

我见过你的蛹
附着在胡琴的弦上
空洞的琴身
黑暗是即将成形的翅膀
我虚无的内心世界
留给你孵化

无须粉刷的草泥墙
恰好锁定黑暗
角落里亮着蜘蛛的天眼
也算是一份光亮
家主人苍白无力的祈祷
正好承受蝴蝶的分量

多浪河,季节性的枯荣

无限循环的过程
复活带来飞翔
假如不再自缚

我看到它们
用尽翅膀
给野外的花朵讲了段笑料
岁月盛开

清贫的浪花打动我的灵魂
羽翼上的一点暗红
原始部落的一滴血
随波流淌

维吾尔村落

维吾尔村落
是用花草树木和故事编织的
一片又一片

野花开在姑娘身上
巴郎是带刺的蜜蜂
葡萄架是他们的蜂房

村头的水库干涸已久
退水后留下的草滩上
羊群啃噬低矮的草,盐碱

在烈日下成熟的牧羊人
面带贫瘠的微笑
开裂的甜瓜一牙一牙

路边一位从容的老人
斜倚着夕阳和彩云
用手杖推开记忆的窗口
汹涌的白须
给孩子们讲述久远的故事……

夜晚,没有灯火的乡村
心是最亮的地方
没有街灯
这或许是一种古朴
主创造了世界
留下一半是黑暗
人世间的许多事
还须遮遮掩掩

初秋的夜已渐渐深邃
妈妈们开始呼唤自家孩子
阿依古丽、阿尔斯兰
尤丽图孜、尤力瓦斯
……
故事宛如星夜清风
满目星辰在夜空闪烁

孩子们说
妈妈，别为我们担心
我们会从天窗回家

清真寺的尖顶留住了月牙
沙枣刺劫获了许多流星
参差斑驳的树影
夹着一条悠长的土路

无法逾越的银河
正经历一场洪峰
苍茫中流向村外茫茫原野

维吾尔村落

花　帽

奶奶用额头的皱纹
把童年的记忆
满目沧桑、白云绿水
和爷爷从驿站带回的传说
绣成一顶小花帽

她不懂历史，但会播种
干瘪却很灵巧的手下是松软的土地
星期五的巴扎总会热闹起来

爷爷兴高采烈
说上面的纹路是喀什的古街道
昆仑山上的野花、和田玉
龟兹壁画和古乐
戴上它
你就有血有肉了

杏花初开的日子

从赤道起程的阳光
沿纬度朝北挺进

看不到亚热带的海岸
和岸边幽娴的椰树
只知道家乡的白杨
已列队等候春潮归来

春天的脚步虽很轻盈
却已踏响了温带的大门
清晨,一阵勤劳质朴的暖风
把尘封已久的院落打扫干净
一场温度适宜的雨
正在启程

胆怯的树枝伸出墙外
扎着粉红的小花苞
就像经历初潮的少女
目光羞涩

我终于明白
女人与杏花绽放的关系
漫长的冬季也该退隐
这样的季节里
准会有人出嫁

南疆维吾尔老人

一双拙劣的手,发黑
生锈
关节处流淌树胶
曾被他爷爷牵手过河
许多年后
盼着与人再次相握

他杏黄色的眼睛
被风沙堆砌的皱纹层层包围
只剩一条陈旧的夹缝
等待从别人那里
重获一份尊严

他那松散的几颗牙齿
依旧能把控口中的气流

说出他的家族、姓名

家园后面
那片荒漠里的胡杨
比他残存的牙齿还少

再看原野

一片残存的
多余世界
无论徒步或急速前行
走不出荒野的身份

目光减速穿越
冰冷的沙漠
温暖的生命分泌苦涩

胡杨,这里永久的土著居民
牧放在时光的原野里
和红柳一起,居家繁衍
从它们那里 我得知
我们是被牧放在天地间
漠视一切的生灵

空 间

——由点向面的延伸，给三维提供必要条件，
平面的自我永远不满足点与面的存在，
塑造立体是人的本能，我们的智慧在这里展开想象。

远去的河流

西部,这片最开阔的原野
在落日的余晖下
伊河西去
望河楼上一只筑巢的燕子
飞向夕阳
风,在管弦里回荡

丛林密布的宽阔河谷
最后一只木筏
在岁月的涛声里解体
哈迪克马车四轮驱动
时光会给岁月的苦难疗伤

所有的爷爷都会变成传说
阿拉斯加的针叶林里

住着一位身着鹿皮的老人
鄂伦春的萨满
达斡尔的神巫
他们可以听得见落日的声音
木屋里的孤独陪伴炉火
江夏的竹排拍浪前行
丝绸的柔美取自波光
以水命名的河流
湍急是流体的概念
岁月在生命的两岸塑造风光
我的祖父也曾在浪中风流
浪花如雪
涛声如雷

思绪
终归是个游手好闲的家伙
仿佛那远去的河流
无孔不入
南岸的锡伯营旌旗翻卷
这条流经寒暑的源流
解读喀拉峻的远古
读取巩乃斯的心经
悟出唐布拉的慧根

远去的河流

流出山谷的水

如当年取经的行僧

一手禅杖,一手虔诚

看那渐渐远去的波涛

替岁月超度

为山河开光

静怡是这条水系的法号

俯瞰河谷大地

这条如丝如织的水流

浸润无边无际的绿

北岸的汉人街,人声鼎沸

岁月在这里交错

停歇,暮色里的手风琴

给涛声伴奏

加古斯台升起的烽烟

为山峦催眠

眺望西天

缓缓沉落的夕阳

等待输血

晚霞渐渐冷却

这条如歌如泣的古道

承载了多少家国和离愁

岁月几何

惠远的城楼上

燕雀飞舞

浪花回眸

已不见远山松柏

故人长眠

土地掩盖不了灵魂的迁徙

纵深的辽阔

永远是无法穿越的时空

远去的河流

夏日里的玛纳斯

城南的远山
用它波澜起伏的海拔
和绵延西去的身影
借助与之缠绵不断的雨云
给六月消暑

风,在蝴蝶的翅膀上舞动
当所有的花都选择在五月集结
六月,则给了她们足够的空间
吐露全部的芬芳
月季、刺玫、格桑花
她们的花瓣
已做好了起飞的准备
彩蝶是生鲜的花瓣
花瓣是舞动的翅膀

赶考的七月
让她们宛如成熟的女性
处处是烂醉的蜜蜂
蝶恋花的词曲
应运而生

塔西河的水奔流北上
那一片旷古的湿地
丛生的芦苇
在无际的水面栖息
仿佛远古部落
头顶的苇羽随风摇曳
它们个个都是酋长
野鸭成群戏水
鸬鹚捕捉鱼影
蓝胸佛法僧替天超度
白鹭在水泽里行医
给天地疗伤

我曾经的旅途多次从这里经过
老旧的大巴窗口裂痕
闪过窗外的县城
只是一个模糊的概念

我不知道深居于这片密林的生灵

用最初的双手

燃起炊烟

给恬静的生活移花接木

嫁接出生命的甘甜

宽阔的街道

苗条的斑马线

成片的密林吐故纳新

农夫在哲学里耕耘

土地在勤劳里生长

用镰斧打造的伟业恢宏如宇

天之蓝，倾泻如雨

遥远一词

定格在苍茫岁月

青铜的绿锈散落田野

烽火连天的过去

半截出土的地窝子

给原野著书立传

鞍马为枕

游牧者仰天合目

地心的引力

在他们脸上勾勒出一道道

隐秘的笑容

形似盛开的芍药

玛瑙是通透的性格

纳入酒庄的瓶塞

斯文是高脚杯的尺度

在这片土地上烂醉

无伤饮者大雅

唱一曲草原之夜

饮一壶陈年浊酒

这一生

便有了传说的意义

夏日里的玛纳斯

乡下的老树

乡下的老树
呼吸着稀薄的空气
一身苍老的亚麻
一些躯干已干枯,许久

早年的河渠或已改道
百余年前的青涩
树荫下拴着一头
背上满是疤痕的驴
赤脚的老人
用疲惫的鼾声
敲打正午的寂静
虱子爬满一地

破旧短小的驴车

停靠在季节的端口
卸去陈年
满满一车的苍凉
一年一度的斑驳
每周一回的巴扎
酸甜苦辣地沸腾着
冬季里
掏空记忆的老树
露出荒废多年的鸟巢
插翅难飞

老去，是岁月的必然
再生，是生命的偶然
无论是树木
落叶就是归还
挪不走的根

吉木乃的山花

风流倜傥的吉木乃山风
一直在向她们求爱
那些妖艳的山花
盛开在五月的双眸
风的甜言蜜语
撩拨蝴蝶飞舞

那一带高远的海拔
有意触摸行云
白帆
来自远方的潮湿
与群山一同起伏

彩蝶很有心计
用最嫩的花瓣组装翅膀

她们个个都有绯闻

五彩斑斓的芬芳
山野之花开到最烂漫的时候
都会变成多情的蝴蝶
妩媚，娇柔
搅乱蜂群的心智
匆匆选择蜜月旅行

吉木乃的山花

这一年冬至

无雪的冬至
这一年
暖冬纷纷扬扬
压弯了心头的树梢
昨夜凄美的路灯
渐渐熄灭

我坐在南疆的窗口
遥望大雪纷飞的北国
我的家
或许窗台已堆满积雪
大棚里的韭菜
等待出锅

竹签一般的高大白杨

零星几片还未落尽的枯叶
宛如无字天书里残存的标点
淡泊名利的浮云
与浮沉混杂于低空
仿佛莫泊桑笔下的葛朗台
把烛光调暗
片雪未落

此时，此时
冰冷的大漠应该还在那里
我放不下它的连绵起伏
荒芜的大漠
枝叶破碎的胡杨
靠记忆存活
狭小温暖的空间里
一只虚弱的苍蝇
给翅膀升温
空旷的心野
我知道此时的太阳
已移居南洋

阔什艾肯
这个对季节成瘾的乡村

在斜阳下，儒生
村夫头顶黑色羔羊皮帽
从彼此的微笑里取暖

憨厚的我
选择湖南的辣椒
陈醋少许
温情的饺子懒得出奇
这一年冬至
我已记不得家的方位

今夜冬至映雪

深秋十一月
我像一封被提前寄出的书信
返回北方
丰富的内存已无从下载

许多达人
体恤我几年的乡村身份
看我还算充盈的腹部
夸赞我的收获
我选择自嘲

满腹委屈者无能
满腔苦水更是迂腐
经纶何出于腹
苦了我这颗一劳永逸的头

吃力地分辨上苍与下水
纷乱的脚步
用于丈量足下的土地
冷静的头脑
却在思考天外之事

时间在寒风里滑翔
又一个落雪的冬日黄昏
着陆在大西迁
记得一切往事
只是每一个冬至夜晚
短暂的白昼
无法与长夜平分秋色

昨夜的雪

从午后开始飘落的雪花
形似纷纷下锅的饺子
我害怕双耳被冻
便提前于上苍预约
相信它会来得准时

隔着巨大的落地窗
雪花飘出各种扭捏的舞姿
高层的每一个窗口
蒸汽涌出屋内
一团团，一朵朵
寒冬与温暖与世隔绝
谁家言欢
谁家逢春
滑动的手机屏幕

闪过牧人的歌声
禾木和可可托海
究竟在哪个角落
今夜
从前遥远的地方变得更加遥远
还未包好的饺子
该为谁冷冻

晨时出门晚来归
生活从未在那个锅台止步
无论奔波还是忙碌
昨夜的雪
已然为我们铺路
冬至只是一个驿站
我们选择的旅程
总在暖心的风雪中继续

村委会院里的老杏树

阅历丰富的几棵老杏树
挺着铁打风铸的躯干
试探性地伸出几枝触角
放出几朵羞羞答答的粉色花苞
欣喜若狂
就差喊出声来

树与花不同
它可以不露声色
若无其事地调停季节的纷争
已被冻僵的枝条无法伸展
挡不住
轰然响起的沙尘暴
席卷一切

去年的这个时候

我们已入住乡村多时

未曾注意花的性情与美丽

今年同样如此

当巨大的树干

无力支撑冬季的垮塌

昏暗的天空阴沉着疲惫的脸

悄然盛开的花朵

却已落满枝头

昨夜还红装素裹

今日晨曦已被她们点燃

桃 花

桃花
从树的体内挣脱出来

看她们兴高采烈
拥挤在无叶的树枝上
点缀天空
一首无声的柳笛
吹响桃花春曲
蜂群忙着迎亲嫁娶
一只工蜂醉倒在花瓣上
在梦里受孕

辽远的天空沉静而诙谐
用单薄的浮云布道
解密天机

花的呼应解决了天的无语

总有一些生灵善于吟唱

春色烂漫

再回首恍然如梦

这一年仿佛在梦中度过
没有鞭炮声的除夕
不见元宵灯火
三月杏花开在梦里
桃花四月晚来春
若隐若现的夏季
仿佛平静水面上的倒影
一阵狂风
时光再次破碎

是啊,从武汉封城的那一刻起
世界就未曾太平
没有节庆的甲子
爆竹无声
硝烟却弥漫天空

当这个世界陷入新冠的恐慌
中国仿佛是一艘巨大方舟
诺亚起航
风云依旧巨浪滔天
这次远航
注定是一次波澜壮阔的
漫长旅行

当二次疫潮向我们袭来
我们已然守候在窗内
放眼城市的天空
借每一阵微风
给外面的树木送去一声问候
告诉飘过屋顶的每一片云
我们思念山野的花香
让刚落在窗外的小鸟
给丛林道一声安好
望天空中翻飞的鸽群
解读自由与愉快
尽管我们不能飞翔
但翅膀却长在心上

三十多天了

在家一样可以参与
无声的战疫还在继续
每一个奋战者都默默无语
汗水与泪水的重组
同样是轰轰烈烈
防护服、隔离衣
护目镜、蓝口罩
谁在里，谁在外
居家的日子是不好受
但还有多少人
在比家还要狭小的空间里
坚守

一股强大的力量外在运作
我们衣食无忧
读书写作还有小炒
我不会弹奏钢琴
但可以听到对面的琴声
更不会吹奏
可某家的屋里
飘来一曲月光下的凤尾竹
我保存了一首哈萨克民歌
无风的夜晚

快了,这一切都快过去了
久违的家
曾对我们在外的漂泊
轻轻呼唤
不久
我们都将再次出行
或许此番
我们会走得更远

乌鲁木齐，我最美的家园

昨日还是满城风光秀丽
只是一夜
藏匿许久的新冠
悄然出现，死灰复燃
但因为我们经历过那段焦灼
乌鲁木齐
这座浪漫的城市
再次用坦然和自信
重新占领了战疫的制高点

我感到惊讶
这般迅捷的反应速度
迎战是勇者的风范
从全面封城的那一刻起
一切都显得那么平静

井然有序地回家
给战疫腾出了空间

这又是一场无声的战役
居家者头顶的这片天空
蓝色依旧，雨过天晴
酷暑已然
只是我们听不见枪炮声
看不到硝烟
无法体会那份焦灼
和数月前一样
我坚信在这份寂静背后
有多少白衣战士
在用生命诠释誓言
把姓名写在身后
信念挺在胸前

历经过无数磨难的中国人
早已练就不屈的体魄
在任何艰难困苦面前
坦然是一种态度
团结是一种自信
迎战是一种信心

"非典"和新冠
只不过是之前被我们假想的敌人
从幕后走到台前
我们看不到它们青面獠牙
却承受着它们带来的灾难
停工、停产
关闭、封城
还有死亡与战胜
以另一种形式角斗
居家也是一种全民迎战

每一个暮色都被渐渐点亮
万家灯火演绎着生活
此时此刻
多少奉献者的身影在夜色里闪现
那是一团团燃烧的火焰
温暖着每一颗心

来自全国的医疗队
一样在坚守，奋战
湖北的勇士们也位列其中
情深意长是无声的共勉
看似平静的居家生活

外面却是轰轰烈烈

居高临下的楼层

看得见火热的战疫正在进行

三百万人的核酸检测还在继续

医护人员的防护服

里面是双重酷暑

不变的初心

永恒的使命

给户外降温

诚然,也有一些浮躁的身影

在给管控添乱

包户群里的一段话让我拭泪

八天了,你们不想待的那个家

是我们梦寐以求的温暖

家里的那张床

何时才能为我许梦

饭是凉的,夜是短的

给我们一颗理解的心吧

我只想用坚守

赢得你们的梦想

昨夜一场清凉的雨

仿佛人间依旧恬静

浮在天空的云

缓缓东去

鸟雀的歌声依旧缠绵

国是强大的国

心是炽热的心

何曾有过些许的恐慌

几日追剧红色摇篮

九十九年风雨铸魂

怎不让人心潮澎湃

我窗外的风，清澈如心

无论这场战疫持续多久

新疆这片美丽的土地

必将迎来更大辉煌

每一朵鲜花，每一片绿地

都将绽放最美的芬芳

乌鲁木齐，我最美的家园

迟来的春

乡下的老人
被晨时的驴声唤醒
岁末的一些声响
立春的一丝蠕动
眼看三月整装待发
溪流与风该有几分情丝了

这一年春时
被突如其来的宁静冷落
往年的春,早被人发现
苦苦的等待
备好的笑容只好暂时收回
心在外面的土地里发芽

偶见窗外

依旧有无精打采的雪花飘落
成群的麻雀议论纷纷
移花接木的风
在杂乱的树枝上徘徊

她似乎已从远方启程
性急的风仿佛若无其事
季节的时装还在赶制

迟来的春

今日雨水

昨夜的梦里都是云
分布在辽阔的云层下
守时的季节春潮涌动

我坐在二月的屋檐下
听风在微微颤抖
被疫情分割的空间
对酒无歌

我在去年深秋的沙土里
深埋了几粒春天的种子
今日清晨
这片只属于我的窗外
雨水打着白伞
空降一片松软的欢喜

可我知道

尽管所有的街巷空无一人

满目的期待全都在外

今日雨水

这些日子

这些日子很特别
只要是出门
见谁都想打招呼
仿佛他们都是久违的亲人

小区里的楼房似乎挨得很近
仿佛在窃窃私语
之前从未有过

水电暖一切正常
看电视询问天下
望窗外试探温度
戴口罩的脸上藏了很多秘密
笑出来,烟消云散

戴工作牌的人很给力
他们四处设防
用微笑劝解稀疏的行人回家
彼此间的温存
只保留口罩的距离
足够我们警惕对方

所有的疫情都是星夜兼程
借助年关
让不同的方言充当年货
接吻还需时日
只是那些默默无语
逆行者、坚守者、奋战者
倒下者、阻击者、防疫者
湖北的、新疆的、全国的
都在吟唱祖国

春天一定会体面地到来
和你的笑容重合

今年的春天会是怎样

缓慢临近的温暖些许迟疑
我想用唇接住第一滴雨
忘记了许多色彩
都长什么模样
期待依旧绚烂

不曾见过最初的草还有风骨
今年
她们一定会顶天立地
最后一场儒雅的雪飘落之后
浸润心灵的暖雨
定会洗去残冬留下的伤痕

春风喜形于色
野花抢占山头

蝴蝶会把柔软的身体

融进斑斓之中

让翅膀演义春天

牛羊忘乎所以

世间的美丽会让人健忘

这一年春

我们总该记住些什么

瞬　间

——我们只记住了发生在时间刻度的某个点，
足够我们界定什么是短暂，
而它的跨度确需我们用光年来衡量。

记忆山村

恒久的记忆

停留在山下的丛林

沉重的山色

仿佛远古的庙宇

湍流在世间传经布道

涛声旷古

穿越岁月风云

久居于此的白桦

凌乱的枝杈

改写季节的染色

即便路是通向远方的心

留住永恒的宁静

管他山外的喧嚣与尘埃

辽阔的原野

走出山野的路

通向另一份辽阔

天,是陆地的倒影

在蓝色里走散的云

宛如迁徙的部落

几棵散养的树木

存活于绿的概念里

安身立命的家

几堵围墙

一顶毡房

相隔一道秋水

难以收回远眺的目光

远山初雪

看到这片洁净的山野
很想清空多年的内存
从天空那里
下载所需的心境
让那信马由缰、被冰雪覆盖的山峦
在体内驰骋
安息吧!活着的原野
我会把你的粗粝
变成我随身的胎记
我不会狂野
只会妄想
在下一个宁静的雪后
与行云一起漂泊

原野冬雪

一幕雪后的蓝天
在正午的阳光里凝结
光与影四处散落
远处的丛林
留下晚秋的背影
传说里的白桦林
渐渐走向成熟
穿梭的树影
缓慢的时光
一条回家的路
享受被冰雪覆盖的痛
暖在内，乐在外

意念寒冬

阿尔泰山体的一角
完成了冬季换装
伊雷木湖深沉的蓝
让转场的风
吹落最后的枯叶
攀岩的雪松
选择登顶的角度
一条流经山谷的水
千丝万缕的树枝
不知哪家的马群
在用体温
消融冬季的寒冷
比意念还要漫长的岁月
消磨午后的阳光

寒冬深处

一条有温度的小路
通向寒冬深处
无法撼动的冰雪
漫长地覆盖寂静无声
冬眠的树木
仿佛一群
身着皮袄的老翁
避风的村落恬静无语
冬日的余晖粉饰天空
这样的黄昏之后
该有多少传说可以讲述

春 色

从遥远的生命
到遮天蔽日的粉饰
最先感知春潮的乡村
每一片花瓣都是一片天空
杏花里写满了诗句
蜜蜂漫天飞舞
朗诵季节
暖暖的春色
被记忆的枝干高高托起
生活的沉重与温暖
平衡在女性的肩头
走不尽的路
幸福永远在春的彼岸

山野之花

在风的鼓动下
漫山遍野的山花
学会奔跑
根,是她们的起跑线
五彩缤纷是跑出来的春
她们追逐,然后休息
阵阵山风
沿坡度给她们加油
你稍不留神
她们就会变成千万只蝴蝶
飞向天空
留下凄美的春绿

远山的呼唤

未必需要走到山脚
隔开长远的距离
我便能听到山的呼唤
它铺开一片片原野
让色系四处游荡
这一眼醒目的黄
让轻浮的雾幔随意触摸
源自山涧的水系
恒定生命的法则
每一个季节都在轮回中湮灭
只有这片辽远的画卷
摆在我面前
仿佛一张张等待回答的问卷

涌 浪

黄绿相间的涌浪
在风的作用下起伏
远去,拍岸的瞬间
引发又一波回潮
生命近乎如此
生长于成熟
界定于色彩的过渡
看似恒定的山脉
用冰冷的海拔
假定另一种伟大的存在
我们的渺小
不只因为形体的差异
一粒种子
便能决定我们的存亡

初 雪

它的出现
往往出乎牛羊的意料
山体的绿
并不代表季节的留守
雪的飘落
是冬云的碎片
一切态度表白
都源于雪的圣洁
围栏、毡房
还有通向远方的路
余温未尽
雪后的梦比天还蓝

局部的山

山的海拔
被覆盖的冰雪淡化
倾泻而下的坡度
增加了攀登者的欲望
岩石的色重
凸显天体的分量
无论多么锋芒
不过是一个球体的棱角
我们怀念大地山川
思想的高度
决定了我们对世界的仰望

一夜秋黄

在塞外的视野里
远山的群舞
踩在风的节奏上
我们都是被改变者
年复一年
用成熟应对梦幻
昨日晴空辽阔
凝重的山，坐落天边
为了迎合季节的喜好
山源一夜秋黄
博得天地老儿的欢喜
山脊上留存的树影
作为绿的标本
保留在云影里
寂静，在这片成熟的节气里
更显热烈

会飞的叶

从树的世界里
把天空作为背景
裁剪一片、一枝
所有的叶
都会产生飞的欲望
它们是树的本体
伸向宇宙的根
解读光明
足下的支脉深藏于地下
摄取暗淡的养料
给黑暗一个合理的解释
我们永远生活在它们
无声的智慧里

山水之音

在这里
水流出的是山的声音
天籁之音本源于此
蓝,是天的本意
水,是流动的天
那一座座穿着华丽的山
暗藏不露的乐师
流过山涧的水
便成了它们的和弦
高大的松柏
身着燕尾
指挥这场恒久的乐章
无论你演唱什么
永远都是最佳伴奏

绿的诞生

自下而上的生长
或许只有生命，可以
承载绿的色重
但凡有洪荒宇宙
旷世的寂静
无法锁定天地间彼此的倒映
你在遥远处燃烧
我在土地里生长

非对称选择

用心之人
总能还原一切
无人的世界同样精彩
放眼云端
浓烈的岩浆沉积山顶
山源下，红黄波纹荡漾
游离的蓝色恒星
在自己的阴影里穿越
阴与阳相形而随
天外之天
未必选择对称

红　雨

无极的原野
沉淀于满天的橙黄
无论世间哪个角落
枯萎与燃烧
同样解决余孽丛生的危机
悬于半空的红
或因纯粹而裂变
抑或在紫色闪电里滂沱

内心的涌动

生命隐居于肉体
心却永远在外
居无定所的漂泊
百无聊赖的俗世
亦如往常
我只在乎行云流水
孕育内心的光彩
如繁花的血浆
流淌于天地之间
让我无从落脚

如果我是大地

如果我是大地

宁愿有如此斑斓的单调

不敢确定天空的色系

彩云是最妩媚的女人

遥远的山，多情的水

潜伏于体内

我没有别的选择

只有盛开

才能满足对色彩的需求

填补空白，一种怀念

黄昏以后的视线

唯一能让视野升温
改变态度
是那退隐天际的黄昏
回眸沧海、桑田
太阳的血洒落山谷
三色方寸
蓝,是残留的天空
散落于暮色里的黑
仿佛一段段失落的文明
诉说记忆里的辉煌

生命的重叠

起始的绿

由空气接生

大地推送血液

一对孪生的色彩

由绿向橙黄的过渡

婴儿的绿,谢顶的黄

成熟是它的履历

或给天空提供湛蓝的理由

远山是次生的珊瑚

重叠生命

晴 月

看似一种心境
悬于无语的天空
失忆的丛林
用一片斑驳的月影
锁定根的位置
平面彩虹沿土地生长
月之晴
未必需要夜空
一抹蓝天白云
足够遥寄内心的思念

在水一方

一枝温柔的花
倒在浪的尽头
一层层轻盈的抚摸
淘洗沙滩的苦涩
海天一线的涌浪
一叶小船
在海鸥的短笛里
渐渐驶向远方
若仅仅是为了隔岸守候
或也不必让白色浪花
揉碎大海的宁静
独守
在水一方

留守空白

峭壁与潮水的断裂
蓝色,往往被人忽略
在人间
引发联想的未知
或取决于虚无的延伸
智慧的鸟儿
站在比天还高的峭壁上
遥望穷尽一切的白
会有那么一天
身旁的绿叶
会与它一同飞向远方

遥望扬帆的你

让周身的血液
涌出体内
化作遮挡海风的涟漪
点燃离别
足下是爱的辐射
靠远去的海浪传递给你
我的秀发
是海空雨云的黑色闪电
只要我的站姿
比扬帆远去的你还要高大
我就是你遗留的灯塔

冷却心境

再多的纷繁
也无法搅扰视野的纯净
在都市的夹缝里
无须选择出行方式
随心所欲也是一种抵达
只要你还属于自己
半个世纪的冷漠
足以选择爱的方式
冷却心境
用满目的清冷和点点粉绿
与类似彩云的天
编织无法复制的梦

基于绿的燃烧

呈现于眼前的遥远
我们看到的只是火热
亦如滚烫的生活
盛开只是时间的意愿
留不住的芳香
深藏于心底的冲动
底层的绿
沸腾的群山
火焰席卷原野
充满激情的干尸
一路狂奔

时空烂漫

与季节无关的怒放
用色彩点缀时光
突兀的光纤
足以让蝴蝶情感错乱
橙黄的底色
盛开后迷茫的粉红
无处安身的绿叶
明知花开花落
换位于另一个时空
万物的狂野
可以改变天色

祭 祀

蜂拥而至的萨满

解读咆哮的火焰

无数经幡在风中燃烧

在火的洗礼中

除肉体之外

灵魂一样可以助燃

痴迷的法师

理智者撕碎织女的彩裙

凡人替神说话

再现女巫

微观世界里的裂变

同样改变宇宙的命运

命悬一线的生长

通过光的表白
引力波穿透少女的清纯
最热烈的色彩冷却后
往往是内敛的粉
一根看似枯萎的树枝
一片向上攀爬的叶
两枚自圆其说的绿果
青色的雨从天而降
却不见土地里生长什么

水的生命

一片分割水天的陆地
解决了花草的生长
水的属性澄清里一切诟病
风从你的波纹里诞生
因你的博大而逍遥法外
你用你的密度定义海的概念
一汪清澈的蓝
天鹅用水的涟漪
和波光
丰盈自己的羽翼
一切可以游离的运动,自信
因为你在生长

杏花初开

这些树木
在春天的慢摇吧里扭捏
它们听出风的节奏
似醉非醉
很少有人能看得出,它们
在翩翩起舞
多情的风是它们的舞伴
兴冲冲地,许多姑娘盛开在树上
树与风,花与蜂
一个形象的世界在抽象里孕育
这样的季节
准会有人出嫁

花的足迹

但凡花儿走过的地方
总会留下许多印记
新生的小草
怕被春雨打湿
打起无数花伞
集结于漓江的碧波之上
如果我们
也能盛开在自己的季节里
这个世界便没有玄幻
用芬芳掩埋自己的足迹
唯有鲜花可以做到

山的灵魂

紫色灵魂从山体出窍
再遥远的山
也远不过远去的落日
我知道
离开这个世界总要流血
天空浸染
我看到
那一道道绿色的山
渐渐远去,滑向夜幕深处
山去了,灵魂尚在
与我们永生的人同在

守望孤独

三色画面里的宁静

色彩重叠

飘移的云即将脱落

一棵孤独的树

用圆形的树冠,模仿

月的遥远

当她圆满的时候

总看不够相随的树影

两只信使从高空飞来

无法着陆的黄

灵验的笔

却无法给风着色

筑巢的花

浮云总是飘忽不定
随风而居
远处的山太高
自己呼吸都有困难
也无法伸出手臂
接纳花的着陆
隔岸的树木已被绿叶抢占
只有河岸的杏树
敞开了怀抱
从季节里飞来粉色的花
随意在树杈上落脚
用飘落的花瓣
给羞涩的涟漪
留下几处易碎的唇印